Marie Page

Bottes, botti, botta !

Illustrations
Yves Dumont

Directrice de la collection
Denise Gaouette

MAXI Rat de bibliothèque

Catalogage avant publication de Bibliothèque et Archives nationales
du Québec et Bibliothèque et Archives Canada

Page, Marie

   Bottes, botti, botta !

   (MAXI Rat de bibliothèque ; 22)
   Pour enfants de 7 à 9 ans.

   ISBN 978-2-7613-4019-9

   I. Dumont, Yves. II. Titre.
   III. Collection : MAXI Rat de bibliothèque ; 22.

PS8581.A39B67 2011   jC843'.54   C2011-940754-X
PS9581.A39B67 2011

Éditrice : Johanne Tremblay
Réviseure linguistique : Claire St-Onge
Directrice artistique : Hélène Cousineau
Coordonnatrice aux réalisations graphiques : Sylvie Piotte
Conception graphique et édition électronique : Isabel Lafleur

 éducation ▸ innovation ▸ passion

5757, rue Cypihot, Saint-Laurent (Québec) H4S 1R3 ▸ erpi.com
TÉLÉPHONE : 514 334-2690 TÉLÉCOPIEUR : 514 334-4720 ▸ erpidlm@erpi.com

Dépôt légal — Bibliothèque et Archives nationales du Québec, 2011
Dépôt légal — Bibliothèque et Archives Canada, 2011

Imprimé au Canada   1234567890 HLN 15 14 13 12 11
ISBN 978-2-7613-4019-9   11282   C016

Des personnages de l'histoire

Zoya

Liam

Bouba

Souillot

tante Armella

monsieur Grimoire

Chapitre 1

Une petite sorcière bien seule

Zoya doit bientôt commencer son apprentissage de petite sorcière. Ses parents l'ont convaincue d'habiter chez sa tante Armella à Balaiville, où se trouve l'école des sorciers.

Le jour de la rentrée, Zoya a attaché ses cheveux avec deux rubans. Ils sont du même rose que ses nouvelles bottes offertes par tante Armella.

Zoya est impatiente d'avoir des amis. Elle sourit à ses camarades de classe. Au lieu de lui rendre ses sourires, les élèves lui font des grimaces. Quelle déception ! Zoya reste confiante malgré tout : elle réussira bien à se faire des amis.

À la récréation, Zoya essaie de se lier d'amitié avec Bouba. Mais, Bouba se moque d'elle.

— Comme elles sont vilaines, tes bottes ! Je n'ai jamais vu de sorcières porter des bottes roses.

— Pourtant, le rose est une très jolie couleur, répond Zoya.

Bouba éclate de rire.

— C'est la couleur préférée des fées. Et les fées sont les pires ennemies des sorciers.

De retour chez sa tante, Zoya lui demande :

— Est-ce bien vrai que le rose est la couleur des fées ?

— Il est vrai que les fées aiment beaucoup le rose, répond Armella. Certaines sorcières aussi. Et puis, tes bottes ne sont pas de simples bottes roses : elles ont un pouvoir magique.

Intriguée, Zoya regarde ses bottes.
— Quel pouvoir ? demande-t-elle.

Sa tante prend un air mystérieux.
— C'est à toi de le découvrir. Je ne
peux rien te dévoiler.

Chapitre 2

Des bottes magiques

Zoya pense sans cesse au secret de ses bottes. «Mes bottes ont-elles le pouvoir de changer les personnes et les choses? Si oui, peuvent-elles transformer la méchante Bouba en grenouille ou en cochon?»

Zoya rêve au moment merveilleux où elle pourra enfin réaliser tous ses vœux. «Je ne serai plus obligée d'aller à l'école. Grâce à mes bottes, je n'aurai plus besoin d'apprendre toutes ces règles et ces formules magiques si compliquées. Par contre, si je ne vais plus à l'école, je serai de nouveau toute seule», conclut Zoya en soupirant.

Zoya aimerait tant avoir des amis avec qui jouer. «Si je découvre le fameux secret, songe-t-elle, je ferai en sorte que tous les élèves de ma classe soient plus gentils avec moi.»

Mais comment pourra-t-elle découvrir ce pouvoir si mystérieux?

«Peut-être y a-t-il quelque part sur mes bottes ou dans mes bottes un petit bouton secret ou un endroit magique», songe Zoya.

Zoya inspecte ses bottes sous toutes les coutures. Elle passe la main à l'intérieur. Elle cherche en tâtonnant. Rien. Elle ne trouve rien.

Zoya réfléchit : «Il faut peut-être que je donne de petits coups de baguette sur mes bottes et que je récite une formule magique.»

— *Bottes, botti, botta,*
  votre pouvoir se révélera !

Hé non ! Il ne se passe rien.

Zoya essaie toutes sortes de trucs.
Elle jette ses bottes trois fois en l'air.
Elle les trempe dans l'eau. Elle souffle
dessus très fort.

— *Bottes, botti, botta,*
  votre secret se dévoilera!

Hé non! Il ne se passe rien.

Enfin, Zoya décide de donner un nom à ses bottes et de leur parler. Elle les nomme Chouchous.

— Chouchous, dit-elle, changez cette chaise en cactus!

Zoya attend un instant. Les bottes ne réagissent pas. Leur secret n'est vraiment pas facile à découvrir. C'est décourageant à la fin! Zoya est à court d'idées.

Chapitre 3
À l'école des sorciers

Zoya déteste de plus en plus aller à l'école. Chaque matin, elle a mal à la tête, au ventre ou aux oreilles. Hélas, sa tante trouve toujours le bon remède pour la guérir!

Cependant, les remèdes d'Armella ne peuvent pas guérir la tristesse de Zoya. Cela fait plus d'une semaine qu'elle va à l'école des sorciers et elle n'a toujours pas d'amis.

Sur le chemin de l'école, Zoya chante pour se donner du courage :
— *Nous sommes les sorcières,*
   les reines de la Terre.
   Tonnerre et mille éclairs !
   Vive les sorcières !

Dans la cour de récréation, le vilain petit sorcier Souillot bouscule Zoya et lui tire les cheveux. Zoya lui dit :

— Attends que je découvre le pouvoir de mes bottes… Je te changerai en crapaud volant.

Mais, pour le moment, Zoya se sent bien impuissante. Elle préfère s'éloigner de Souillot.

À la sortie de l'école, Bouba crie à
Zoya :
— Je n'ai jamais vu de bottes aussi
laides et ridicules. Ta tante Armella
doit être aveugle pour avoir choisi
cette affreuse couleur.

Fâchée, Zoya réplique :
— Arrête de te moquer de moi, sinon
ces bottes pourraient bien un jour te
changer en petit cochon rose.

Bouba éclate d'un rire méchant.

— Et comment feras-tu? Tu ne peux pas transformer quoi que ce soit.

Zoya est bien certaine qu'un jour elle parviendra à découvrir le secret de ses bottes. «Ce jour-là, Bouba regrettera ses méchancetés et ses moqueries», se dit Zoya.

Chapitre 4

Un ami à qui parler

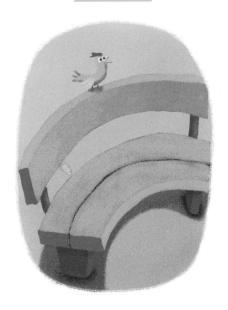

Aujourd'hui, Zoya a décidé de ne pas aller à l'école. Mais comment faire l'école buissonnière, alors que sa tante la surveille de la fenêtre ?

Zoya fait semblant de se diriger vers l'école. Et dès qu'elle voit sa tante s'éloigner de la fenêtre, Zoya s'enfuit vers le parc tout proche.

Quel bonheur d'être loin des vilains petits sorciers! Zoya s'assoit sur un banc et contemple les grands arbres et les bosquets fleuris.

Soudain, un garçon s'approche de Zoya et lui demande:
— Toi non plus, tu ne vas pas à l'école aujourd'hui?

Surprise, Zoya marmonne :
— Non, je n'aime pas l'école.

Le garçon soupire.
— Moi non plus, dit-il en s'assoyant à
côté de Zoya. Les autres se moquent
de moi parce que je suis mal habillé.

Zoya regarde les chaussures trouées
du garçon et ses vêtements rapiécés.
— Comment t'appelles-tu ?
— Liam.

Zoya est contente d'avoir enfin un ami à qui parler.
— Aimes-tu mes bottes? demande-t-elle.

Liam répond sans hésiter:
— Oui! Elles sont vraiment jolies.
— Elles sont magiques, murmure Zoya, mais j'ignore leur secret.

Zoya pose ses pieds sur le banc et entoure ses bottes de ses bras.
— Qu'est-ce que tu demanderais à tes bottes si tu connaissais leur secret? demande Liam.

Zoya lui répond en souriant:
— Je leur demanderais un gâteau. Je commence à avoir faim, pas toi?

Chapitre 5

Le secret révélé

Soudain, un énorme gâteau apparaît sur l'herbe.

Liam et Zoya fixent le gâteau sans bouger. Ils sont comme hypnotisés.
— Ça alors! s'écrie Zoya. Comment ai-je fait?

Zoya se redresse et dit d'une voix forte et claire :
— J'aimerais bien avoir deux petites cuillères dorées.

Rien ne se passe.
— Comment étais-tu placée lorsque tu as souhaité avoir un gros gâteau ? demande Liam.

Zoya se rassoit, pose les deux pieds sur le banc et enroule ses bras autour de ses bottes. Puis elle répète son vœu. Aussitôt, deux petites cuillères dorées apparaissent.

Liam a tout compris.

— Je crois qu'il te suffit de serrer tes bottes entre tes bras pour que le vœu s'accomplisse. Facile !

Zoya sautille de joie.

— Et si nous mangions ce gâteau qui a l'air délicieux ? propose Liam.

En effet, Zoya et Liam n'ont jamais mangé de gâteau plus fondant ni plus onctueux que celui-ci. Un régal !

Une fois rassasiés, Zoya et Liam ont très envie d'essayer de nouveau le pouvoir magique des bottes.

— Je voudrais que Liam ait de beaux vêtements neufs, dit Zoya.

— Waouh! waouh! s'exclame Liam en découvrant ses nouveaux vêtements. Plus personne ne se moquera de moi. Merci, Zoya! Je dois maintenant partir. J'espère te revoir.

— Moi aussi, je l'espère bien, dit Zoya, qui trouve Liam très gentil.

Zoya est très excitée de constater que le pouvoir de ses bottes semble sans limite. Maintenant que Zoya a découvert le secret, elle doit trouver un bon moyen de se faire accepter par les autres élèves de l'école.

Chapitre 6

Un dernier vœu

Zoya rentre à la maison en s'écriant :
— Tante Armella, j'ai trouvé le secret !
L'air très fâché, Armella dit :
— Zoya, je n'aime pas du tout les cachotteries. Dorénavant, tu n'iras plus à l'école seule. Je t'y conduirai et j'irai te chercher.

Assise à son pupitre, Zoya rêve : « Un tableau rose serait plus joli. » Surprise ! Le tableau devient rose.

Pourtant, Zoya n'a pas enroulé ses bras autour de ses bottes. Elle a simplement effleuré une botte du doigt. « Un simple toucher suffit peut-être ? », se dit-elle.

La main posée sur une botte, Zoya pense : « Tableau, redeviens noir ! » Et le tableau redevient noir.

Zoya s'amuse ainsi à enchaîner les souhaits farfelus sous les yeux surpris de ses camarades. Les cahiers tourbillonnent, les pupitres dansent, l'écran de projection pirouette, les murs deviennent roses…

Les enfants regardent autour d'eux. Mais qui donc a le pouvoir d'accomplir tout cela ?

Monsieur Grimoire a vite repéré la responsable.
— Zoya, pas de magie dans la classe, s'il te plaît !

Zoya est enchantée de constater l'effet produit par ses tours de magie sur les autres apprentis sorciers. Maintenant, ils considèrent Zoya avec respect. Bouba ne se moque plus de Zoya, et Souillot a cessé de lui tirer les cheveux.

De retour chez sa tante, Zoya se met au travail. Monsieur Grimoire lui a expliqué pourquoi elle ne devait plus faire de magie en classe… Zoya doit écrire et signer le texte de son contrat avec monsieur Grimoire avant d'aller jouer avec son ami Liam.

Je m'engage
à ne plus jamais utiliser
le pouvoir de mes bottes
à l'école.
Zoya

Quelques jours plus tard, Armella dit à Zoya :

— Zoya, j'ai oublié de te prévenir… Après ton centième vœu, tes bottes perdront leur pouvoir magique.

Zoya s'affole. Elle a gaspillé beaucoup de vœux… Elle compte à toute vitesse : il ne lui reste plus qu'un vœu à formuler. Un seul et dernier vœu !

Zoya ferme les yeux et se concentre. Quel sera donc son dernier vœu ?

Table des matières

Dans l'histoire **Bottes, botti, botta !**,
Zoya fait plusieurs tentatives
pour découvrir le pouvoir de ses bottes.
Remplace les ▮
par les bons mots.

1 Zoya cherche un petit ▮ secret
ou un ▮ magique sur ses bottes
ou dans ses bottes.

2 Zoya donne de petits coups
de ▮ sur ses bottes
et elle récite une ▮ magique.

3 Zoya jette ses bottes
▮ fois en l'▮.

4 Zoya trempe ses bottes dans l'▮.

5 Zoya ▮ très fort sur ses bottes.

6 Zoya nomme ses bottes ▮.

Zoya rêve de transformer en animaux
les élèves qui se moquent d'elle.
Associe chaque élève
aux animaux choisis par Zoya.

Élèves

Souillot

Bouba

Animaux

1 un cochon rose

2 un crapaud volant

3 une grenouille

Un personnage captivant

Zoya vit dans un monde magique,
rempli de sorcières et de fées.
Tu connais sûrement aussi
des personnages captivants.

Prépare une affiche
sur un personnage captivant.

- Choisis un personnage réel ou fictif.

  EXEMPLES

  personnages réels : une pompière,
  un aviateur, un menuisier, une hockeyeuse
  personnages fictifs : un gnome, une fée

- Réalise ton affiche.
  - Présente des objets
    associés à ton personnage.
    Utilise des photos, des dessins
    ou des découpages.
  - Écris des phrases que pourrait
    dire ton personnage.

    EXEMPLE (sorcière)

    objets : un balai, un chaudron
    phrase : Mobiliarbus !
    Joli vélo, viens vers moi !

Présente ton affiche à tes amis.